KB125841

이심전詩

이심전詩

시를 통해 마음을 전하다

◆ 송창욱 지음

좋은땅

졸작(拙作)을 내밀면서

사회에 첫발을 내디뎠던 1987년 1월 5일. 부모님께 기대지 않고 자신의 수입이 생긴다는 기쁨 일념으로 출퇴근을 반복하면서 그저 월급날만 기다리기에 급급했던 기억이 납니다.

금속표면처리를 하는 중소기업 현장의 약품 농도를 분석하고 유지해 주는 비록 전공 분야의 업무였지만, 특별한 의미도 없이 1년쯤 다니던 중, 고교 시절 지녔던 교사로서의 소박한 꿈을 이룰 수 있는 계기가 생겼습니다. 아무런 미련 없이 기쁜 마음으로 이직한 후 벌써 정년을 목전에 두게 되었습니다.

많이도 갈망했었던 만큼 교사로서의 직분에 만족하면서도, '뭔가 의미 있는 것이 무엇일까?'라고 자문한 결과, 학습지도보다 더욱 중요하게 여겨졌던 것이 바른 인성이라고 생각하게 되었습니다. 나름대로 최선을 다한다고 했지만, 아이들로부터 돌아오는 느낌은 속칭 '꼰대'가 아니었나 생각이 들었습니다. 하지만 나 자신은 부족했지만, 미래사회의 주역이 될 우리 아이들은 바른 인성을 가진 인간으로 성장하기를 바라는 마음을 평소 메모해 두었던 시상(詩想)과 하고 싶은 말들을 시적으로 표현해서 전하고 싶었습니다.

1980년대 해안초소에서 군 복무를 하던 시절 느꼈던 시상,

1990년대 담임교사, 인성 담당부장 교사로서 느꼈던 시상,

2010년대 진로 진학 상담교사로서 느꼈던 시상들을 정리하고 다듬어 시의 형식을 빌려 이를 통해 전하고 싶은 말들을 해설이라는 핑계를 들어 첨언을 하게 되었습니다.

평소 아이들에게 아쉽게 느꼈던 분야별로 환경, 꿈과 사랑, 행복, 인생 설계, 겸손과 함께 정의 사회를 위한 억강부약(抑强扶弱)이라는 대주제를 형성하게 되었습니다.

본인은 시인이 아닙니다. 물론 시에 대한 특별한 배움도 없었습니다. 단지 '꼰대'라는 지칭이 싫어서, 하고 싶은 말들을 서툰 솜씨나마 시처럼 적어 보았습니다만, 그 의미가 자칫 왜곡될 수도 있겠다는 생각이 들어 해설이 같이 있는, 세상에 하나뿐인 시집을 갖고 싶은 욕망이 생겼습니다.

무려 40여 년간 다듬고 또 다듬어 마음을 표현한 졸렬한 작품을 단, "한 편이라도 공감해 준다면, 큰 의미가 있다."라고 생각하면서 쑥스러움과 설레는 마음으로 내밀어 봅니다.

돌이켜 보면 수많은 좌절과 포기를 반복하던 중 지방신문과 창원시 시보의 독자 시란에 투고를 한 이후 주변 지인들의 격려에 힘입어서 후회 없이 '한번 저질러 보자'라는 심정으로 내밀어 보는 이유는, 칭찬이 목표가 아니라 시를 통해 마음을 읽어 준다면 제1의 행복이요, 또는 해설의 내용에서 공감해 준다면 그것이 제2의 행복이라 여기면서 서툴지만, 억지 사자성어를 제목으로 끌어내어 봅니다.

*'나의 마음을 시를 통하여 전해 본다'*라는 의미로 이심전심의 형태를 빌려 以心傳詩라고….

끝으로 이 시집이 완성되기까지 많은 용기와 도움을 주신 분들께 지면을 빌려 깊은 감사의 말씀을 전하며, 졸작 한편 근정(謹呈)으로 대신합니다.

감사합니다.

2022년 2월 15일

송창욱

차례

1부

자연의 가르침

2부

꿈, 사랑, 그리고 그리움

3부

행(幸)-불행(不幸)=0

4부

인생 여정

5부

억강부약(抑强扶弱)

6부

겸손의 미덕

1부

자연의 가르침

흙

디디면 다져지고 바람 불면 날리우고
비 오면 젖어 들고 추우면 얼어붙는 그대

씨앗을 뿌리면 싹틔우고 어린나무 심노라면
큰 재목 돌려주는 그대

이리 옮기고 저리 파헤쳐도
어찌 그대는 그대로인지?

뿌린 만큼 거둔다는 세상에 가장 큰 진리
실천으로 깨우쳐 주는 그대

그 숱한 고통 감내한 그대이기에
세상 모든 인간 그대 품속에 안겨
영면(永眠)을 청하는구려

2010. 음력 4월 초파일 창녕에서

흙

세상에 나서 죽는 날까지 그 누구도 피할 수 없는 흙과의 만남.
한겨울에는 얼어붙었던 흙, 봄비에 촉촉이 젖어 들고, 한여름 가뭄에는 먼지로, 폭우에는 그냥 자신을 내려놓고서는 흐르는 물에 기대어 한없이 떠내려가는 흙.
그저 자연의 순리에 단 한 번 저항하지 않고 묵묵히 자신의 역할에만 충실할 뿐이다.
하지만 그런 그는 만물을 잉태시키는 너무나 큰 역할로 우리들에게 온갖 열매를 돌려주면서, 뿌린 만큼의 양을, 또한 가꾼 만큼의 질을 되돌려 주는 것으로 노력 없는 결과는 결코 없다는, 가장 크면서도 평범한 진리를 깨우쳐 준다.
그래서인지 세상 모든 인간 결국에는 한 줌 흙으로 돌아가는가 보다.

봄

언 땅 머~ 언 곳으로부터 파동이 느껴질 뿐
파형을 그릴 수가 없네
차디찬 허공 머~ 언 곳에서 외치는 듯하지만
들을 수가 없네

거듭 반복되더니 드디어 파형이 보이고
울림을 들을 수 있네
몽우리가 보이고 펑펑 터지는 소리
메아리 되어 귓전을 맴도네

숱한 이들이 고대해 왔던 봄!
하지만 잠시 머물다 가겠지, 봄!
올 땐 지각변동처럼 오더니
갈 땐 쏜살처럼 가겠지, 봄!

올 땐 애타도록 머뭇거리더니
갈 땐 더위와 함께 타는 목마름만 주고 가겠지, 봄!

2010. 2. 22.

봄

흔히 우리는 봄을 기다리기도 하고, 그리워하기도 한다.
일장춘몽이란 말이 있기도 하고, 그때가 봄날이었다. 등등.
이렇듯 무언가 좋은 일을 기대하고 있을 땐 참 시간이 느리게 가는 것처럼 여겨진다. 긴긴 겨울에서 봄이 매우 느리게 오는 모습을 시각적으로 '머~언'으로 표현해 보았습니다.
무엇이든 목표를 이루는 것은 긴 시간이 걸리고(지각변동), 그 기쁨을 누리는 시간은 참으로 짧고(쏜 화살), 또 새로운 목표에 대해 도전을 하겠지요.
그렇게 힘겹게 온 봄날은, 채 느끼기도 전에 뜨거운 여름으로 변하고 해를 거듭할수록 봄, 가을은 줄어들고 여름과 겨울뿐인 듯한 안타까움을 표현해 보았습니다. 이 모든 것이 인간들의 무분별한 자연 파괴와 지나친 과학 문명의존도가 이러한 재해를 가지고 온 듯합니다.
지구온난화 현상이 바로 그것인 것 같습니다.

봄은 봄인데

어느새 봄이 왔다고 땅속에선 새싹들이 앞다투고
나무에선 새순이 솟구치고
꽃망울 여무느라 눈코 뜰 새 없더라
이것이 자연의 힘이요 순리이건만

영원할 줄 알았던 자연도 이젠 늙어 가는가 보다
지나친 사용으로 마모되었을까?
냉각수 부족으로 인한 엔진 과열인가?
따뜻한 봄은 온데간데없고 밤엔 겨울이요, 낮엔 여름이더라!

봄이 왔다고 콧노래 부르던 종다리는 온데간데없고
세상살이 고달픈 탄식꾼들의 긴 한숨 소리만 들리는구려
산들산들 봄바람은 온데간데없고 우매한 자들의 욕망이 뭉쳐
순둥이 자연을 자꾸만 밀어내고 있구려

밀고 또 밀다 보면, 자연은 밀리고 또 밀려
마침내 자연이 인간을 외면해 버린다면
우리는 자연의 법칙인 관성에 떠밀려 끝없는 낭떠러지로
중력 가속기를 타고 되돌릴 수 없는 공포의 질주를 즐기겠지

2011. 4. 19.

봄은 봄인데 ……………………………………………………………………

우리는 '억지 춘향'이라는 말을 흔히들 쓰고 있다. 즉 원하지 않는 일을 어쩔 수 없이 하는 것을 뜻한다.
2011년의 봄날은 억지 춘향의 봄날인 것 같았다. 계절은 봄인데 그 느낌은 밤엔 겨울이요 낮엔 여름이더라
꽃피고 새 우는 봄이란, 노래 가사에 불과하고 현실의 봄은 아무런 낭만도, 추억도 주지 않고 어쩔 수 없이 여름을 재촉하는 역할만 하는 환절기인 것 같더라.
지구는 우리가 함께 타고 있는 옴니버스입니다. 이 버스의 엔진 과열 때문에 나타나는 내면의 고통을 표현하고 있습니다. 하지만 우리는 그럴수록 자연을 더욱 괴롭히고 있는 것 같습니다.
언젠가 지구의 인내가 한계에 부딪힐 때면 인간을 외면할 것이고 우리는 무중력상태에서 종말을 맞게 될 것입니다.
우리의 몸도 이상이 생기면 신호를 보냅니다. 그 신호를 무시하게 되면 나중에 중병으로 돌아와 치유할 수 없어 죽음에 이르게 되듯이 지구라는 존재도 그러할 것으로 생각되기에 온실가스 배출을 줄여 보자는 취지로 표현해 보았습니다.

유월의 녹음(綠陰)

짙어만 가는 유월의 녹음이여 주체할 수 없는 푸르름이
어찌 내 마음을 똑 닮았을꼬

꽃보다도 더 고귀한 푸르름이여! 그대의 풍만한 마음은
한여름 태양과 맞짱 한판 뜨고서는 붉은 피멍만 들겠지

아쉬움만 남긴 채 차가운 겨울바람에 떨어져
나부끼는 쓸쓸한 낙엽으로 돌아가겠지

짧은 청춘! 한탄도 많겠지만 그대는 꽃 피는 봄이라도 오지만
마음만은 언제나 이팔청춘인 이내 몸은 또 언제 꽃이 피려나?

태양의 미움을 받았을까? 남의 속도 모르는
얄미운 태양은 오늘도 변함없이 나를 돌리고 있네

2021. 녹음 짙은 유월에

유월의 녹음

흔히 녹음기(綠陰期)라 불리는 6월은 연중 숲이 가장 우거지고 푸른 계절이다. 인생으로 비유하자면 가장 왕성한 시기라고 볼 수 있겠다. 꽃보다도 더 고귀한 그의 기개(氣槪)는 세상을 뒤엎을 것 같지만, 강렬한 태양의 뭇매질에는 한없이 나약해져 검푸른 피멍만 든 채 쓸쓸한 낙엽이 되어 뒹굴고 만다.

짧은 청춘 한탄도 많겠지만 그는 또다시 꽃피는 봄을 맞이하지만, 인생의 봄은 되돌아올까?

얄미운 태양은 나를 빠르게 돌리고 있지만, 항상 최선을 다해 발버둥을 치며 아름다운 가을을 맞이할 수 있도록 노력한다면 의미 있는 인생이 아닐까 싶다.

매사 늦었다고 생각하지 말고, 마음은 언제나 청춘인 듯 도전하고 또 도전한다면, 아름다운 가을이 우리를 맞이할 것이고, 따뜻한 겨울을 즐긴다면, 우리의 인생 여정은 아름다울 것 같다.

다시 찾은 그 바다(일광 앞바다)

약관의 나이에 머물렀던 그 바다
지천명에 이르러 다시 찾았네

예나 지금이나 그 모습 어찌도 한결같을꼬?
어찌 변했을까? 궁금했던 내가 쑥스럽기도 하네

푸른 바다 흰 파도 녹음 짙던 그 해송
그 꼿꼿했던 기상은 그대로인데…

세월은 그동안 헛바퀴를 돌았나 보다
곰곰이 생각해 보니 나만 변했구려 그것도 마음만

곰곰이 돌이켜 보니 속세에 묻혀 계산은 빨라졌으나
기고만장(氣高萬丈)했던 기상만 사라졌더라

2011. 6.

다시 찾은 그 바다

1980년대 초 한창 혈기 왕성했던 20대 초반 경상남도 양산군 일광면 해안초소에서 군 복무를 하였습니다. 2년 반 정도의 긴 시간을 보낸 곳이기에 추억 또한 많은 곳이기도 하였습니다. 전역할 당시의 마음은 자주 들르고 싶었던 곳이었지만 전역 후의 생활은 그 시간의 틈을 좀처럼 주지 않았습니다. 그러던 중 2011년 6월쯤 그 주변을 갈 기회가 있어서, 30년의 세월이 흘렀으니 많이 변했을 것으로 여기고 추억이 짙은 그곳을 다시 찾았습니다. 물론 주변 환경은 많이 변했지만, 자연은 그대로인 것을 느꼈습니다.

푸른 바다, 흰 파도, 녹음 짙던 해송….

약관의 나이에 맺은 추억을 지천명에 이르러 다시 찾아도 자연은 그대로인데, 주변환경과 나는 왜 이렇게 변했을까? 곰곰이 생각해 보게 되었습니다. 그 결과 다음과 같이 느꼈습니다.

기고만장했던 기상은 사라지고, 속세에 찌들어 계산만 빨라졌다는 것을….

단풍

혹한의 고통을 감내하며
남몰래 애써 피운 새순
탄생의 기쁨도 잠시 무성한 숲이 되었네

태양의 뭇매에 맞서느라
기초화장 한번 못 해 보고 그을린 채
검푸른 멍이 되었나!

태양이 잠시 머뭇거린 사이 살며시 비켜서서
색조 화장하고서 나들이 한번 한다는 것이
겨울을 맞는 가을의 함정(陷穽)일 줄이야!

어느 늦은 가을밤 쓸쓸한 바람 한 점에
되돌릴 수 없는 낙엽 되어 나뒹구는
지친 처절함으로 매듭을 짓는구려

2005. 11. 늦은 가을밤

단풍

혹한을 견디고 봄을 맞이한 초목들은 새순을 내뿜는다. 모든 생명은 산고의 고통을 견디며 탄생을 하는가 보다.
마냥 축복과 기쁨의 탄생이지만 어느새 숲이 되고, 무언가 뿌듯한 마음이 드는 순간 이미 자신은 검붉게 멍든 단풍이 되어 버렸고 늦은 가을밤 쓸쓸한 바람에 마지막 남은 자존심의 끈마저 떨어지고, 낙엽 되어 쓸쓸한 겨울을 맞는 것처럼 우리네 인생도 그런 것 같다.
기대가 크면 실망 또한 크기 마련인 것을….
순간순간 최선을 다하고, 즐겁고 행복하게 살아가면서 다가오는 변화를 거부하기보다는 즐겁게 맞이하면서 살아가는 것이 행복의 비결인 것 같은 마음에 낙엽을 바라보면서 표현해 보았습니다.

2부

꿈, 사랑 그리고 그리움

그대(꿈) 바이러스

내 삶에 그대를 만난 건 미미한 일상에 불과했지만
시간이 흐를수록 그대의 소용돌이에 휘감기고 말았네

발등을 짓누르는 현실의 무게
벗어나고파 무던히 발버둥 쳤으나
점점 더 빠져들고 말았네

아까운 청춘!
짧은 만남, 긴 이별이 한탄스럽기만 하네

그대 바이러스에 깊이 감염된 이 마음
치유할 수 있는 항생제는 왜 없을까? 하면서도
그런 항생제가 있다면 참 미울 것 같다

먼 훗날 인생의 막을 내리는 그날
나의 사망진단서에는 이렇게 쓰이고 싶다

선행 사인 - 그대 바이러스 감염
중간 사인 - 그대 바이러스 증식
최종 사인 - 그대 바이러스 제거

2014. 9.

그대(꿈) 바이러스

우리는 태어나면서부터 특정한 꿈을 갖고 특정한 사람과 사랑한다고는 생각하지 않는다.
살아가면서 우연한 기회에 꿈을 갖게 되고, 또한 누군가와 인연을 맺게 되어 시간이 흐름에 따라 점점 그 결실이 영글어 가게 된다.
하지만 모든 것이 다 이루어지지는 않더라.
시간이 짧아서, 환경이 뒷받침이 안 되어서 등등 모든 것을 쟁취한다는 것은 누구라도 어려운 현실인 터라 그로 인하여 고통스러울 수도 있겠지만 그런 꿈조차 없다면 무의미한 인생일 것 같다.
그래서 죽음의 단계에 비유해 이렇게 정의하고 싶다.

선행 사인 - 꿈 바이러스 감염
중간 사인 - 꿈 바이러스 증식
최종 사인 - 꿈 바이러스 제거

즉 꿈이 없는 생은 죽음과 같으니 언제나 그 꿈을 꼭 간직하고 살아가기를 바라는 마음으로 표현을 해 보았습니다.

그리움

소리 없이 흐르는 그리움의 눈물 삼키려
고개 들어 하늘 한번 보았네

비 갠 가을 하늘 오늘따라 드높아
고인 눈물 이마를 적시네

회오리치듯 몰려드는 야릇한 감정은 어느새 구심점을 잃고
원심력에 의지한 채 가을하늘 더욱 높고 둥글게 수놓았네

튕겨져 간 그리움의 조각들

겨울이 오면 다시금 오므라들어 사랑으로 환생할까?
봄이 되면 따뜻한 아지랑이로 사랑의 불씨를 지펴 주려나?
여름이 되어 태양의 원력으로 불타던 사랑을 되돌려 주려나?

오늘도 묵묵히 그리움을 대신한 기다림으로
돌아가는 초침(秒針)에 앉아 회전목마를 즐기고 있네

그리움

그리움의 사전적 의미는 "보고 싶어 애타는 마음"이라고 한다.
우리는 살아가면서 미련을 못 버리는 다양한 경험을 하게 된다. 사랑하는 임과의 이별, 중요한 경기에서의 아쉬운 패배, 각종 시험에서 놓친 아는 문제 하나 등등 오랫동안 우리들의 뇌리를 맴돌고 있다.
하지만 누구나 다음 기회를 노리고 있다. 흔히 와신상담(臥薪嘗膽)이라고도 하지요.
떠나 버린 사랑에 대한 미련, 놓쳐 버린 기회에 대한 아쉬움 등을 만회하기 위한 고통의 시간을 역설적으로 가장 바쁘게 돌아가는 시계의 초침에 비유하여 회전목마를 즐기고 있다는 표현을 하였으나, 그 의미는 조바심과 간절함을 나타낸 것입니다.

사랑

끊임없이 밀려드는 그리움을 무엇으로 막을 수 있겠소
자나 깨나 떠오르는 님의 잔상(殘像) 또한
무엇으로 가릴 수 있으랴

물리치고 억눌러도 흩어진 잔상은 쇳가루와 같고
이내 마음 지남철 같아
흩어진 쇳가루 다시금 모이고 포개져 님의 모습 다듬었네

무심(無心)의 괴력(怪力)으로 흩어 보니
마도로스의 파이프 담배 연기마냥
허공으로 흐느적거리며 음률 없는 춤을 추고 있네

허무한 상처 달래고 산산이 부서진 마음 추슬러 보니
그리움만 남을 뿐
이내 몸뚱어리는 한낱 무쇠 조각에 불과하더라

1986. 6.

사랑

우리는 살아가면서 변화무상(變化無常)한 감정들을 경험하고 있다. 그중 가장 흔한 감정의 표현이 사랑인 것 같다. 하지만 흔한 사랑 중에서도 그 밑바탕에 두려운 그리움이 깔려 있을 때 그것이 진정한 사랑이 아닐까 싶다.
진정 사랑하기에 보내기도 하지만, 그럴수록 더욱 그리워지는 것은 어쩔 수 없는 것 같더라.
잊으려 해도 잊히질 않고, 밀려드는 그리움을 모래 속에 있는 지남철(자석)에 이끌려 모여드는 쇳가루에 비유해 보았습니다. 이를 억지로 분리해서 흩어 보았으나 또다시 몰려드는 쇳가루처럼 그리움을 견디지 못하는 이내 몸은 무쇠 조각이요, 마음은 무쇠 조각의 또 다른 조각인 쇳가루에 불과하다는 표현으로 인간은 강인한 것 같지만, 진정한 사랑 앞에서는 한없이 나약하다는 느낌으로 표현해 보았습니다.

사랑과 미움

빛과 어둠이 만난다?
참 안 어울릴 것 같은데 의외더라

사랑과 미움이 만나도 그럴까?

빛이 약해질수록 어둠은 짙어지고
어둠이 짙을수록 빛을 더욱 그리워하더라

사랑
그것 고무줄과 같더라
욕심내어 끌어당길수록 멀어지고 결국엔 끊어지고 말더라

미움
그것 늪과 같더라
미움이 클수록 내 몸은 점점 빠져들고 결국엔 스스로 헤어날 수 없더라

더 큰 사랑을 원한다면 내버려 두고
피할 수 없는 미움이라면 차라리 고무줄처럼 끌어당겨나 보세

사랑과 미움

우리는 흔히 사랑을 소유라고 착각하고 있다. 그 결과 집착하게 되고 뜻대로 되지 않을 땐 간혹 데이트폭력으로 이어지기도 한다.
"사랑은 마주 쳐다보는 것이 아니라 함께 같은 방향을 바라보는 것"이라고 어린 왕자의 저자 생텍쥐페리는 말했다. 이처럼 진정 사랑한다면 그 사람의 사상과 판단까지도 존중할 줄 알 때 진정으로 사랑했노라고 할 수 있을 것이다.
미움 또한 그러하다. 사랑을 당기듯 미움을 밀쳐내고 싶어 한다.
그래서 사랑을 고무줄에, 미움을 늪에 비유해 보았습니다.
사랑과 미움에 집착할수록 고무줄은 끊어질 것이고, 늪은 점점 빠져들게 될 것입니다.

인연 시계

허공 속에 생긴 톱니에 맞물려
그대 마음 한 바퀴에 이내 마음 열두 바퀴

추~욱 처진 허공 다리 아무리 발버둥 쳤으나
그저 출렁일 뿐 설레는 마음처럼 언제나 그 안에 맴도네

돌고 돌도 또 돌아갔으나
언제나 그때 그 자리

톱니가 없었을 땐 외로워서 괴로웠고
톱니가 있으니 톱니에 가려져 다가설 수 없어 괴롭구려

맞물린 톱니에 길들어진 내 마음, 톱니를 벗어나면 허공 속에
허우적거리며 아슬아슬한 곡예의 영속(永續)으로 살아가려나?

1983. 늦은 가을

인연 시계

그 옛날 벽시계 속을 본 적이 있는가?
수많은 톱니가 맞물려 자신의 역할만큼 일정한 속도로 태엽(胎葉: 나선형 스프링)의 에너지에 의지한 채 돌고 있다. 또한 아래에 있는 추는 언제나 주어진 범위를 벗어나지 못하고, 에너지가 사라지면 결국 가운데 멈추고 만다.
사람의 인연 또한 그 옛날 벽시계의 속사정과 흡사한 감정에 젖어 표현해 보았습니다.
벽시계의 톱니가 없었더라면 맞물려 돌 수 없듯이 수많은 사람 중 인연을 톱니라고 생각하면서, 그 인연 때문에 외롭지 않게 살아가지만, 모든 것을 가질 수 없듯이 더 가까워지려면 톱니 때문에 다가설 수 없는 운명이 많지요. 모든 관계에서 톱니가 없었더라면 결국 허공 속을 허우적거리며 외로운 삶을 살아갈 것이다.
주어진 인연을 소중히 여기고, 잘 유지하는 것이 행복한 삶인 듯싶은 마음에 벽시계의 구조를 통해 마음을 전하려 합니다.

장미

장마가 오려나
왜 이리도 우울한 칠월인고?

울타리의 송이송이 장미가
가신지 엊그제 같건만 벌써 다시 오셨나?

그냥 오시지
웬 점 하나를 달고서

있을 땐 몰랐지만
왜 그리도 그리운지 장미

2004. 7. 2.

장미

"있을 때 잘해 후회하지 말고, 있을 때 잘해 흔들리지 말고…"(후략)
이런 대중가요의 한 구절이 생각납니다.
우리는 무엇이든 있을 땐 귀한 줄을 모르고 살아가지요.
모든 것이 그런 것처럼 느껴집니다. 심지어 놀고, 즐기는 것조차 건강이 뒷받침될 때 가능하지요.
과학기술을 맹신하다 보니 자연이 인간을 배반하고, 인간관계도 마찬가지인 것 같습니다.
아름다운 장미가 허드레 늘려 있을 때는 몰랐지만, 막상 꽃이 시들고 사라지는 시기가 되면 대체로 장마철이 가까워집니다. 그래서 '장미'라는 글자에 점 하나가 붙어 '장마'가 되면서 장미꽃이 풍성하던 시절을 그리워하는 마음을 풍수지탄에 비유해 보았습니다.

樹欲靜以 風不止(수욕정이 풍부지) 子欲養以 親不待(자욕양이 친부대)

나무는 고요히 있고자 해도 바람이 그냥 두지 않고, 자식이 봉양코자 해도 어버이는 기다려 주지 않네.

3부

행(幸)-불행(不幸)=0

가장 큰 행복

기다림이 있다는 것 그것은 행복의 씨앗
씨앗이 없이는 꽃도 열매도…

설렌다는 것은 그 씨앗으로 파종을 했다는 것
파종 없이는 꽃도 열매도…

기다림도 설렘도 없는 가슴은 이미 식은 가슴으로
생의 불씨가 다하기 전에 다시 지펴야 합니다

우리는 목표를 이루고 나면 여한이 없다고들 하지만
지나고 보면 그보다 더 좋은 것이 있지요

그것은 다름 아닌 목표를 향해 숨차게 달릴 때가
가장 아름답고 행복했던 시절입니다

숨차게 달리고 설레는 마음으로 기다릴 때가
가장 큰 행복입니다

2010. 5. 12.

가장 큰 행복

배고픈 돼지에게는 배부르게 먹을 것이 있다면 행복하겠지.
씨앗을 뿌리고 그곳에서 꽃이 피고 열매를 맺는다면 그 또한 행복하겠지.
우리는 살아가면서 자아실현을 위하여 수많은 고통 속에서도 도전과 노력을 반복하면서 힘든 순간들을 견뎌 낸 결과, 많은 것을 이루었으나, 행복을 느끼는 것은 잠시, 또 다른 도전이 기다리고 있다는 것을 알 수 있다.
어쩌면 인생이란 끝없는 도전의 연속이라는 생각이 든다.
모든 것을 다 이루었다고 가정한다면 그에게 남은 것은 죽음만일 것이다.
따라서 지나고 보면 숨차게 달리고 설레는 마음으로 그 결과를 기다릴 때가 가장 큰 행복이라 여겨집니다.
그래서 오늘도 또 다른 무엇인가를 위하여 설레는 마음으로 숨차게 달려야겠지요.

그것을 원한다면

참된 행복이란 그것을 느낄 수 있는 사람에게만
주어진 특권입니다

진정한 행복은 자신의 마음속에서만 피어나는
향기로운 꽃입니다

어리석은 사람일수록 그것에 욕심이 나서
먼 곳에서부터 찾으려 하지요

약간의 현(賢)자는 주변에서 찾으려 합니다
그러나 진정한 현자는 찾으려 하지 않습니다

참된 행복은 늘 자신이 간직하고 있기에
남이 가져가지도, 더해 주지도 않습니다

바쁘게 살아가면서 틈틈이 살짝 꺼내 보고는
엷은 미소 지으며 슬그머니 집어넣는 그런…
마치 아무런 일 없었던 마냥

행복하지 못한 사람들은 불행해서가 아니라
느낄 줄을 몰라서 그런 것입니다

2005. 5. 5.

그것을 원한다면

부족함이 없이 살아가면서도 행복을 느끼지 못하는 학생들을 바라보면서 문득 새로운 단어를 하나 만들고 싶어진다. 다름 아닌 '행맹(幸盲)'.
모두가 처음 들어 보는 단어인 것 같다.
"행 – 불행 = 0"에서 의미하듯 행복과 불행의 차이는 모든 상황을 똑같이 주어도 사람에 따라 행과 불행으로 나누어지는 것을 볼 수 있다.
내가 만난 수많은 학생을 양분해 본다면 다음과 같이 정의하고 싶다.
미래지향적인 자는 행복을 느낄 줄 알고
과거지향적인 자는 행복을 느낄 줄 모른다.라고….

겨울비

어둠과 고요 속에서 중력을 견디지 못한
어리석은 덩어리가 서서히 떨어지고 있다
얼마나 외로웠을까? 추운 어둠 속에서

그 차디찬 몸뚱어리는 뜨거운 가슴 때문에
얼지도 못한 채 쓸쓸히 내리는 겨울비가 되어
메마른 대지를 촉촉이 적시고 있네

자신을 갈망하고 있는 목마른 대지를 외면한 채
반평생을 홀로 그 막중한 중력과 맞짱 뜨며
외롭고 쓸쓸하게 살아왔던가!

모든 영욕 버리고 목마른 대지와 뜨거운 포옹 나누고 보니
이곳이 나의 보금자리란 걸 이제야 느끼고 흐느끼고 있구려
하지만 여보게, 지금도 늦지 않네

저 높은 곳을 보게나
불안한 공기의 저항에 의지한 채 매달려 있는
헤아릴 수 없는 우매(愚昧)한 수증기들을…

2010. 1. 20.

경상남도 과학교육원에서

겨울비

2010년 1월 20일 경상남도과학교육원에서 천체망원경 관련 연수가 있었다. 연수 중 쉬는 시간에 잠시 벤치에 앉았을 때 갑자기 하늘이 어두워지면서 여름철 소나기처럼 겨울비가 쏟아지는 것을 보면서 문득 생각이 났다.
대체로 겨울철은 건조하다. 메마른 대지를 적셔 주는 겨울비가 매우 반갑고 고맙게 느껴졌다. 그 겨울비를 바라보면서 비가 되어 내리기 전의 모습을 떠올려 보니 참 어리석다는 생각이 든다. 무슨 영화를 위하여 수증기의 상태로, 불안한 매달림 상태로 머물렀을까? 자신을 갈망하는 대지를 외면한 채.
우리는 모두 자신이 머무를 곳을 잘 찾는 것, 즉 자신의 흥미와 적성이 부합하는 곳에서 자신의 역량을 마음껏 내뿜을 수 있는 그런 겨울비가 되었으면 하는 바람에 적어 보았습니다.

빛과 어둠

낮과 밤은 어떤 사이일까? 생각할수록 오묘(奧妙)해진다
하루에도 두 번씩이나 만난다, 무슨 미련이 남았길래

짧은 만남 긴 사랑일까? 아니면
이루어질 수 없는 사랑의 탄식 시간일까?

어둠은 빛을 빛어내고 그 빛은 멋모르고 떠돌다
결국엔 어둠에 기대어 휴식을 청해 본다

세상만사 싫어서 떠나 보지만 결국엔 그 자리를 되찾더라
그것도 모르고 우리는 평범한 어리석음으로 답습만 하고 있네

빛과 어둠

낮과 밤이 만나고 헤어짐을 반복하듯이 우리의 삶에서도 비슷한 경우가 많은 것 같다.

會者定離 去者必返(회자정리 거자필반)

만남은 언젠가 헤어짐을, 헤어진 사람은 언젠가 반드시 돌아온다는 말처럼 우리는 수많은 만남과 헤어짐을 반복하고 있다.

흔히 어리석은 자들은 두 번 다시 오지 않을 것같이 생각하고 침을 뱉고 가지만 언젠가는 자기가 침 뱉은 자리에 돌아오는 경우를 종종 볼 수 있다. 따라서 평소에도 잘해야겠지만, 특히 떠날 때는 더욱 좋은 이미지를 남기고 남은 자들에게 최소한의 아쉬움 정도는 남길 수 있는 현명한 자가 되기를 바라는 마음에서 표현해 보았습니다.

어둠의 축제

한 점 어둠은 땅거미와 만나고
또 한 점, 한 점 어둠이 내려와
짙은 어둠으로 까알린 밤

거친 여름날의 폭풍우를 잘 견뎌 낸
가을의 밤바다는 쑥스러운 듯 수줍어하는데
어둠이 오기만을 기다린 어부들의 행렬은
조그마한 불빛으로 아득한 수평선을 꽉 메운다

한 빛 또 한 빛 모여들어
이제 그 빛은 거대한 빛 줄이 되어 본다
밤바다의 병풍처럼, 긴 여정의 행로처럼

어부들의 속마음도 모른 채 지친 어둠은
또 다른 빛의 노여움에 못 이긴 듯 사라질 때면
저 빛도 한 점 또 한 점 돌아오겠지

행복의 터전으로 사랑을 가득 담고서…

1983. 10. 11.

가을밤 일광 앞바다에 줄지은 갈치 낚싯배를 바라보면서

어둠의 축제

1983년 당시 해안선을 따라 1019번 지방도로가 아름답게 펼쳐진 일광지역의 해안초소에서 군 복무 중 바라본 바다를 배경으로 느낀 시상을 메모해 두었습니다. 계절적으로는 추석 명절을 목전에 둔 가을이었습니다.
어둠을 기다리는 어부들은 해지기 전 갈치잡이 채비를 갖추어 다들 만선의 꿈을 안고 하나둘씩 출항을 하였죠.
한여름의 폭풍우와 싸워서 지친 듯 가을의 바다는 쑥스러운 듯 고요하였으며, 추석을 목전에 둔 터라 달빛의 조명과 낚싯배의 유도등이 어우러져 마치 축제의 장인 것 같았습니다.
먼발치에서 바라본 수평선은 한 점 한 점이 이어져 선이 되는 것처럼 끝없는 빛 줄이 되어 밤바다 축제의 장은 절정을 맞는 것 같았습니다.
모든 축제가 끝이 있듯이 이 어둠의 축제는 더 강한 태양광의 노여움에 밀려 한 빛 또 한 빛 사라지면서 행복(갈치)을 가득 담고서 돌아오는 모습을 보면서 느낀 감정을 표현해 보았습니다.

4부

인생 여정

겨울 산행, 봄 산행

홀로 산행을 즐긴다, 그것도 겨울 산행
차가운 겨울 산행을 하다 보면 가슴이 뜨거워지고
냉랭한 초목들의 열렬한 환영을 받는다

한 점의 온기라도 받고 싶었던가 보다

한결같을 줄만 알았기에, 봄이 와도 한결같이 찾았네
그러나 착각일 뿐 계절에 따라 외면하고 말더라

씁쓸한 마음에 다가서서 보니 꽃이 피고 새싹도 돋아나니
자기들끼리만 수수되고 나만 홀로이더라

외로운 마음 추스르고 쓸쓸하게 돌아서서 주변을 보니
인간들도 모두 다 짝짝이고 나만 홀로이더라

쓸쓸한 산행의 뒤안길에 난 이렇게 중얼거렸다
내가 설 곳을 알고 환영받을 곳을 아는 그런…
나 자신을 아는 것이 가장 소중하다는 것을…

2019. 3. 31.

겨울 산행, 봄 산행

계절을 가리지 않고 홀로 산행을 즐겨 왔다.
인적이 드문 겨울 산행을 하면서는 난 외로움을 느끼지 못했지만, 계절이 변하여 봄 산행을 하면서 보니 왠지 외롭다는 생각이 문득 든다.
억지로 핑계를 대고 싶어진다.
차디찬 겨울에는 산속의 초목들이 나를 반겨 주는 것 같아 위안으로 여겼지만, 봄이 되어 따듯해지니 많은 사람이 삼삼오오 모여 산행을 즐기는 것을 보면서 왠지 모르게 외로움을 느끼게 되었다. 동반자끼리 담소를 즐기는 것을 보면서 초목들은 변함이 없는데 나만 외로움을 느끼고 있더라.
결국에는 혼자가 아닌, 다 함께 가는 길이 행복한 길임을 깨우쳤다.

구름 같은 인생

한 점 구름이 어디론가 흘러만 간다
또 한 점 구름이 어디선가 흘러든다
외로움을 달래고픈 마음에
이리저리 떠돌다 만난 인연이겠지

지난 세월 아쉬운 탓에 다시 만난
이 인연 꼭 붙들고 싶은 마음에
부둥켜안고 둥실둥실 춤추다 보니
어느새 솜털 구름은 뭉게구름 되어 버렸네

아쉬움도, 미련도 없는 행복한 뭉게구름이건만
몰려드는 이웃들에 희석되고 응축되어
마침내 한 방울의 빗물이 되어 대지를 적신다

사랑의 결실일까? 이별의 결정체일까?
아름다운 생의 흔적들일까?
언젠가는 또 한 점의 수증기로 환생하여
미련 많은 그 인연 찾아 나서겠지

구름 같은 인생

한 점, 또 한 점의 수증기들이 어울려 작은 구름을 형성하고 이들 구름이 모여 큰 구름을 형성해서 무소불위를 누리다, 결국엔 중력에 못 이겨 자연의 평형을 이루고 만다.

우리의 삶이 아기로 태어나서 작은 집단에서 점점 큰 집단에 소속되어 사랑하고 꿈도 이루고 한때나마 무소불위를 누리며 영원할 줄 알았지만, 더 큰 욕심으로 인하여 결국 한 방울의 빗물이 되듯이 우리는 모두 결국 한 줌 흙으로 돌아가는 것 같다.

權不十年(권불십년), 花無十日紅(화무십일홍)

권세는 십 년을 가지 못하고, 열흘 동안 붉은 꽃은 없다는 뜻으로, 한번 성(盛)한 것이 얼마 못 가서 반드시 쇠(衰)하여짐을 비유적으로 이르는 말로 항상 겸손하게 살아가기를 바라는 마음을 구름에 비유해 보았습니다.

무학산 둘레길

여보게, 친구! 사는 게 뭐 그리도 바쁜가?
거친 숨 몰아쉬지 말고 한번 나누어 쉬렴
꽃도 보이고 새소리, 물소리도 들리거늘

무학산! 오르고 또 오르다 보면
어찌 꼭대기 한번 못 밟겠냐마는
왠지 내키지 않는 마음에 둘레길을 찾았네

비 개인 산속의 오솔길이 내뿜어 주는
무한리필의 서비스! 숲의 향
기름진 촉촉한 흙이 내뿜어 주는
그윽한 향을 그대는 맛보았던가?

사내로 태어나 꼭대기 한번 딛고픈 마음이야
누군들 없겠냐마는 숨 가쁜 정상의 불안한
매달림보다는 허드레 늘어진 초목들의
넋두리 공감하며 둘러둘러 둘레길이던가?

이런들 저런들 우리가 다시 만날 곳은
바로 그곳이 아니겠소?
찰나(刹那)의 화려함보다는
영겁(永劫)의 구수함을 추구해 봄이 어떠하리오!

무학산 둘레길(2019. 8. 25. 창원시보 제220호 게재)........................

산행을 하다 보면 왠지 하면 할수록 나도 모르게 무리를 해서라도 빨리 오르고 싶은 것은 대다수 사람의 바람일지도 모른다. 나 또한 그런 부류인 것 같았다. 산행을 마치고 나면 힘들었던 것만 생각이 나고 꼭대기를 밟았다는 나름 뿌듯함을 느낀 것 또한 부인할 수가 없었다. 그래서 나는 그것만이 최고인 줄 알고 있었다. 그러던 중 2012년 6월 초 즈음으로 기억이 난다. 전날까지 장마를 재촉하는 비가 제법 많이 내린 것으로 기억된다. 거의 처음으로 그날 산행은 꼭대기를 향하지 않고 둘레길을 걷기로 했다. 마산여자중학교 방향에서 출발하여 만날재로 가는 길에 서원곡 가까이에서 잠시 벤치에 앉았을 때, 비 온 뒤 느낀 숲의 향과 흙내음은 지금도 나의 후각을 강하게 때리는 듯하다. 그때의 감정을 2G폰에다 몇 자 메모해 둔 것을 하산 후 정리해 보았다.

이렇게 좋은 것을 그동안 보지도, 느끼지도 못한 죄책감이 들 정도였다. 그동안 너무 앞만 보고 달렸으며, 주변을 돌아보지 못한 것에 대해 자책을 하면서 앞으로는 주변을 돌아보며 힘들어하는 자들의 넋두리도 들어 주고, 무거운 짐도 나누어 짊어질 각오를 다지면서 서툰 솜씨나마 시로써 표현해 보았습니다.

목련꽃

겨우내 움츠리고 괴로움 숨기려 숨죽여 왔던 그대
땅속은 나으려나 싶은 마음에 소중한 뿌리만 묻은 채
동지섣달 찬 바람 견디며 감각 있는 장신구 미련 없이 떨쳤네

소리 없이 펼치려 무던히도 애썼지만 밤새
뿌지직거리다가 아침햇살에 그만 터지고 말았구려

터지기 시작한 몽우리 망울망울 앞다투어 터졌으나
얄미운 봄비에 어느새 허드레 지고

먹을거리 찾아 나선 새순에 아낌없는 몸 보시(布施)하고서는
되돌릴 수 없는 영결(永訣)을 맞는구려

목련꽃

한 송이 목련화를 꿈꾸며 추위를 견디려 아픈 마음을 뒤로한 채 모든 잎사귀와 이별을 하고 힘들게 견뎌 낸 결과 새하얀 예쁜 목련꽃이 피었습니다. 하루아침에 많은 꽃이 뿌지직거리는 소리가 들릴 정도로 바쁘게 피었으나 그 예쁜 모습은 불과 며칠 지나지 않아 새순이 나오면서 봄비와 함께 떨어지고 마는 목련꽃을 보면서, 자신을 대신한 새순을 위하여 희생하는 모습이 마치 부모님들께서 항상 자식을 위하여 헌신하고 희생하는 것과 같은 고귀한 마음이란 것을 깨닫게 되었습니다.

비음산 날개봉

날 비(飛) 소리 음(音), 소리가 날린다는 산인가 보다
1년 중 가장 덥다고 하는 대서(大暑)에 날개봉에 올랐다

우거진 숲에서는 나뭇잎들이 바람에 수수되는 소리가 날리고
매미처럼 날개 달린 곤충들의 애끓는 울음소리도 날리운다

무엇을 위한 절규이길래 이렇게도 요란하게 들리는지?
날개 달린 벌레들의 몸부림을 안아 주길래 날개봉인가 보다

땅속에서의 삶, 7년이란 긴 세월을 견뎌낸 매미가 만난
바깥세상에 대한 환희의 부르짖음인가?

열흘이 지나면 저세상으로 떠나야만 하는 탄식의 소리인지
오늘따라 매미의 울음소리는 더욱 날개봉을 적시고 있네

2021. 7. 22.

비음산 날개봉

비음산 정상보다 10m가량 더 높은 비음산 날개봉이 있다. 그리 흔치 않은 경우로 이곳 날개봉에 오른 날이 마침 연중 가장 덥다고 하는 대서(大暑) 날이라, 뿌듯함과 함께 세상에 어떤 어려운 일이라도 할 수 있겠다는 자신감이 잠깐 충만했었다. 힘들게 오른 만큼 뿌듯함도 만끽한 것 같았다.
날개봉에 앉아 느끼는 서늘한 바람에 힘겨웠던 순간순간은 삽시간에 날려 버리고 그저 기쁨만 남았었다. 그 순간 귓전을 강하게 두들기는 소리는 우거진 잎새들의 강한 속삭임과 구슬피 울어대는 매미 소리였다. 문득 매미의 울음소리가 예사롭지 않아 매미의 입장에서 곰곰이 생각해 보니, 그 소리는 기쁨의 쾌재가 아니라 구슬픈 울음소리일 수도 있다고 느끼게 되었다. 7년 정도의 고통을 감내한 결과 세상에 나와서 열흘 정도 지나면 또 다른 세상으로 가야만 하는 기구한 매미의 생을 바라보면서, 우리도 매미처럼 순간의 영광을 위하여 수많은 고통을 인내하기도 하고 그 희열을 느끼는 순간 또 다른 도전을 위하여 고통을 택하게 된다. 결국 매미를 보면서 영광의 순간은 또 다른 고통의 시작인 것처럼 모든 것이 생각하기에 따라 다르다는 평범한 진리를 느끼게 되었습니다.

산행

가기도 싫고 오르는 것은, 더욱
모두가 가고 또 오르기에, 나도
신발 끈을 조여 본다, 허리끈도

터벅터벅 어느새 중턱, 뒤안길을 보니
전봇대도, 동네 이장님도 발아래로 보인다

괜스레 뿌듯해지더니 온몸에 미지의 액체가 스민다
야릇한 기운이 느껴지더니 거친 숨 놀림이 싫지 않다
아니 오히려 즐기고 싶은 건 왜일까?

드디어 꼭대기! 모든 것이 발아래로 보인다
영원히 머무르고 싶지만, 또 내려가야만 한다
뒤따르는 사람을 위하여

모든 미련 훌훌 털어 버리고 후련한 마음으로 내려오니
어찌나 발걸음이 가벼운지, 여유가 무엇인지 알 것 같네

꼭대기를 딛고 내려와 보니 세상 이치 만사 이해가 되더라

2010. 2. 8.

산행

“산이 좋아 산에서 산다네” 가수 이정선 씨의 산사람이라는 노랫말 일부분이다. 하지만 본인은 아직 이 정도의 산사람은 아니다. 그저 좋은 공기 마시고, 건강을 위하여 자주 가는 편일 뿐이다. 더 진솔하게 표현하자면 가기는 싫지만, 막상 신발 끈을 조여 매고 출발하고 나면, 한 걸음 한 걸음 내딛을수록 가슴이 뿌듯해지면서 잘 왔다는 마음이 든다.
정상에 오른 후 내려오면서 나도 모르게 행복감을 만끽하기도 한다. 이렇듯 우리의 삶도 무엇이든 목표를 정하고 그것을 이루고 나면 느낌이 같을 것으로 생각되어 무엇이든 망설임 없이 시도하고 그 뜻을 이루며 행복하고 보람 있는 삶을 영위하기를 바라는 마음을 담았습니다.

인생 항로

두드릴까 말까? 누를까 말까?
기다려야 하나, 나서야 하나?

그 두려움의 끝은 무엇이고
그 망설임의 끝은 어디일까?
외길의 항로라면 차라리 좋으련만

피할 수 없는 숱한, 이정표 없는 갈레 길
그냥 지나치는 길이라면 되돌릴 수도 있지만
흘러 버린 생의 흔적들은 되돌릴 수가 없구려

이리 갈까 저리 갈까? 망설임 없이
그저 머물고픈 이 마음도 모르는 저 세월은
잠시의 여유를 베풀지 않는구려

끝없이 이끌리고 이끌리어 아프고 아팠던 만큼
흘러가 버렸고 또 흐르고 있네
세월아! 이렇게 부르고 싶다
세~ 월~ 아~

2021. 6. 14.

인생 항로

우리는 세상에 태어나면서부터 언제나 선택이란 순간을 피할 수 없습니다. go? 혹은 stop?, 짜장? 혹은 우동? 등등 모든 것들이 우리의 선택을 기다리고 있지요.
인생 항로가 외길이라면 이러한 고민은 없어서 좋을 것 같지만 인생의 매력은 참 없을 것도 같습니다.
자동차는 후진할 수 있지만 우리네 인생은 되돌아갈 수가 없기에 선택의 순간순간은 누구에게나 망설임을 준다. 만족스럽든, 아쉬움이 많은 선택이든 이 또한 지나가리라. 고통의 시간은 길어서 괴롭고, 환희의 시간은 너무도 짧은 것 같아 아쉬운 걸 생각하면 누구에게나 되돌릴 수 없는 인생이 한스럽기는 마찬가지인 것 같더라.
그래서 너무 빠른 야속한 세월을 좀 천천히 지나가라는 뜻으로 '세월아'가 아닌 '세~ 월~ 아~'라고 부르고 싶네요.

5부

억강부약(抑强扶弱)

-강한 자를 누르고 약한 자를 돕는다-

난간(欄干)

난간에게 사랑을 배웠노라

그는 그냥 바라만 봐도 마음이 포근해진다
그를 만나면 불안한 마음조차 사라진다
힘들 땐 그에게 기대어 본다

비가 와도 눈이 와도 한결같이 나를 바라본다
다가서지는 않지만 다가가면 물러서지 않더라
다가서면 언제나 안아 준다

하지만 그도 자신을 짓밟는 자에게는 용서가 없더라
짓밟은 자는 주로 이승에서 저승으로 가더라
단지 착할 뿐, 착하다고 약한 것은 아니더라

난간은 "누구든 얕잡아 보면 안 된다"라는 진리를
깨우쳐 주는 인생의 스승인가 보다
그를 사랑하고 싶다

2022. 1. 17.

난간

경남 창원에는 길이 1.7km, 너비 21m, 해수면으로부터 높이 68m에 이르는 마창대교가 있습니다. 아무리 초보운전이라도 두려움에 난간을 부딪치는 운전자는 없겠지만, 난간이 없다면 숙련된 운전자라도 쉽게 그곳을 통과할 수 있을지 어리석은 질문을 던져 봅니다.
빌딩의 옥상에서 난간이 없다면 과연 아래로 굽어볼 수 있을까요?
산행 중 흔히 협곡 사이를 잇는 철교를 만날 수 있지요. 하지만 누구도 난간을 잡고 건너지는 않지만 만일 난간이 없다면 과연 건너갈 수 있을까요?

이처럼 우리가 살아감에 있어서 난간이 있기에 당연한 듯 그 고마움을 망각하고 살지만, 막상 없다고 가정한다면 그의 존재감은 더욱 빛날 것으로 생각됩니다. 때로는 현실의 무게감을 견디지 못해 그를 짓밟고 생을 마감하는 사람도 있지요. 이렇게 묵묵히 타인의 마음을 포근하게 감싸 주는 난간과 같은 사람들의 고마움을 잊지 않고 인정해 주는 겸허한 마음을 가지고 살아가기를 바라는 마음을 난간을 통해 전하려 합니다.

사랑하는 이유
(부제: 학교폭력 근절을 위한 시)

왁자지껄 떠들썩한 우리들이 자랑스럽다
고요한 달빛보다는 찬란한 태양이 그렇듯이

일곱 빛깔의 무지개가 다들 자신의 색깔을 드러내듯이
모두가 떠들어 대는 우리들이 사랑스럽다

큰 장난을 쳐도 작은 상처를 받는 우리들이 자랑스럽다
그것은 우리가 가꾼 사랑의 열매이거든

남을 탓하지 않는 우리들이 대견스럽다
그 또한 우리가 맺은 믿음의 결실이기에

친구여!
고인 물은 보기에는 맑고 투명해 보이지만
그 속은 부패투성이인걸
늘 찰랑거리고 재잘거리는 우리들을
난 항상 자랑스럽게 사랑한단다

2004. 6. 28.
경남전자고등학교 1학년 4반 교실에서

사랑하는 이유

2004년 6월 경남전자고등학교에서 1학년 4반 담임을 맡았을 때의 이야기입니다. 다른 학급에 비하여 많이 소란하여 처음에는 속상하기도 했습니다. 하지만 성적, 체육대회 시 단결력, 무결석 등 다른 학급에 비하여 월등히 우수하다는 것을 느꼈습니다.

당시에는 모든 학교에서 학교폭력이 난무(亂舞)하던 시절이었습니다. 그럼에도 불구하고 학교폭력에 시달리는 아이들을 찾을 수가 없었습니다. 그 내면을 들여다보니 모든 아이가 떠들어대는 특징을 발견할 수 있었지요. 그때 힘 있는 아이의 한마디에 숨죽여 가며 조용한 학급과의 차이를 느낄 수 있었지요. 힘이 약한 아이들도 자신의 색깔과 목소리를 낼 수 있는 분위기가 얼마나 행복한 것인지를 알았으며, 반대로 자신을 표현하지 못하고 숨죽여 살아가는 아이들의 고통을 공감하며 흐르는 물과 고인 물에 비유하여, 학교폭력이란 단어가 사라지기를 바라는 마음을 담아 표현해 보았습니다.

소나기

한여름 땡볕에 지친 어느 여름날 오후
갑자기 어둠이 몰려들더니 무언가 번득거리고 사라진다

그 옛날 전쟁을 알리는 효시(嚆矢)였던가?
잠시 후 강한 물줄기가 열받은 대지를 사정없이 내리친다

우르릉 쾅쾅
누구를 향한 꾸짖음인가? 무슨 잘못을 했길래

무엇을 외치고 싶었을까?
삐뚤어진 우주의 균형을 위한 몸부림이 아닐까?

살아가면서 번득이는 번개에 얼마나 귀 기울여 왔던가?
죽음을 선택한 자들의 절규에 얼마나 귀 기울여 왔던가?

번개를 뒤따르는 천둥은 피하지 못하더라도
삶의 천둥은 애정과 관심만으로도 피할 수 있으리라

2021. 7. 16.

소나기

한여름 갑자기 찾아온 소나기는 대체로 천둥과 번개를 동반한다.
광속과 음속의 차이로 천둥소리가 들리기 전에는 반드시 번개가 먼저 나타난다. 이처럼 우리의 건강 이상이 생길 때도 전조현상이 나타난다. 산이 붕괴해도, 자동차가 고장이 나더라도, 큰 이상이 생기기 전에 나타나는 전조현상을 간과하게 되면 모두 불행한 일을 겪게 되더라. 특히 스스로 죽음을 택하는 자들을 보면, 그들만이 느끼는 아픔을 다양한 형태로 절규하였건만 관심 부족으로 소홀히 여긴 결과, 안타까운 일들을 경험하게 되고 아쉬워하는 경우를 흔히 볼 수 있다. 이러한 일이 되풀이되는 것을, 예방하고 싶은 마음을 천둥과 번개에 빗대어 표현해 보았습니다.

숲 잃은 울
(신작로를 반대하며)

작고 나약하지만 푸른 숲이 있었기에
지킬 수 있었던 실낱같은 자존심

추운 겨울이 와도 앙상한 가지가 있었기에
봄을 기다릴 수 있었건만…

숲! 당신마저 우릴 버린다면
이제 그 누가 우리를 지켜 주리오

더운 여름 작렬한 태양의 침략을 온몸으로
무마시켜 주던 임은 사라지고
시커먼 아스팔트의 복사열과 함께 침략해 온다면
우리는 어디에 기댈까?

낙엽! 당신이 뒹굴었기에 내 마음이 뒹굴어도
한 점 긁히지도 않았건만
이제 임마저 날 버린다면 이 아픈 상처투성이
누가 보듬어 주리오

2004. 6. 30.

경남전자고등학교 별관에서

숲 잃은 울

2004년 당시 근무하던 학교는 1963년 개교한 학교로 그 체제는 고등기술학교로서 일반 고등학교와는 그 체제가 조금은 달랐습니다. 다시 말씀드리면 정형화된 일반 학교에 비하여 반듯한 운동장도 없는 작은 학교이지만, 그래도 작은 운동장이 둘씩이나 있고 외벽 쪽으로는 오래된 수목들이 즐비해 우리들의 정서에 녹아 있는 학교 분위기를 연출하였습니다. 그러던 중 충격적인 소식을 접했습니다. 도시계획에 따라 운동장 일부가 도로에 편입된다는 것입니다. 지금 생각해 보면 오히려 정원을 조성해 더 나은 환경이 되었습니다만, 당시로서는 암울한 생각이 들었습니다. 그때 느낀 감정을 봄을 제외한 계절별로 메모해 둔 것을 표현해 보았습니다.
한여름 그늘을 제공해 주던 숲, 가을의 단풍과 감성을 자아내는 낙엽, 그리고 비록 앙상한 가지만 있어도 봄을 기대할 수 있었던 겨울까지.
봄을 제외한 이유는 "추운 겨울이 와도 앙상한 가지가 있었기에 봄을 기다릴 수 있었건만…" 시 구절에 나타나 있듯이 봄을 기다릴 수도 없는 암울한 기분이었습니다.

전봇대

동네 어귀에 동네 한번 밝히려
전봇대 하나둘씩 우뚝 섰네

어느덧 덩굴식물 이곳에 의지한 채 끝없이 타고 오르네
그러자 고깔을 씌워 막아섰네

어느덧 각양각색의 음성 광고지가 더덕더덕 판을 치네
그러자 엠보싱 철갑(鐵甲)으로 막아섰네

어쩌다 세상은 요지경 세상이 되었을까?

우뚝 선 힘 있는 자에게 영악한 자들의 빌붙음이
오늘날 영란법을 만들었나 보다

2021. 7. 15.

전봇대

그 옛날 호롱불 시절도 있었지만, 과학 문명의 발달로 전기가 공급된 이후 어디를 가나 쉽게 볼 수 있는 전봇대가 있다. 그런 전봇대의 치우침을 막고자 지지선을 설치해 둔 것 또한 흔히 볼 수가 있지만, 덩굴식물들이 이 지지선을 타고 끝없이 올라가길래 안전을 도모하고자 깔때기 모양을 거꾸로 달아 식물의 진로를 차단했지요.

이런 전봇대에 이번에는 온갖 떳떳지 못한 광고지가 더덕더덕 나붙어 지나는 이들의 눈살을 찌푸리게 하네요. 이에 이번에는 광고지가 잘 붙지 않도록 올록볼록한 엠보싱 철판으로 둘렀네요.

이런 전봇대를 보면서 우뚝 선 전봇대를 권력으로, 이를 이용한 사악한 광고주들을 청탁 의뢰인으로, 엠보싱 철판을 김영란법으로 여기고 오늘날 권력에 빌붙어 뭔가를 쟁취하려는 자들에 대한 비판적 감정을 시의 형태를 빌려 표현해 보았습니다.

점멸등

시골의 어느 한적한 길에서 오늘도 어제처럼
자신의 일을 묵묵히 행하고 있다
삼색 등에 밀려 아무도 알아주지 않지만
오늘도 그저 묵묵히 깜박거리고 있다

그 누구도 두려워하지 않지만, 그의 위력은 고요 속에서
빛의 파문(波紋)을 일으키며 들리지 않는 목소리로
양보(讓步)를 외치고 있다

붉은 등을 만나면 하염없이 비굴해지고
푸른 등을 만나면 한없이 교만(驕慢)해지는 우리들에게
깜박거림 하나로 깨우침을 준다

화려한 붉은색의 권위도
개성 강한 푸른색의 낭만도
부러워하지 않는 그대가 있기에
아직도 세상은 살 만하다

2009. 11.

점멸등(2020. 11. 19. 경남도민일보 게재)

자동차가 정상적으로 굴러가려면 수많은 부품이 제각각 맡은 바 임무를 다할 때 가능한 것이다.
투수 9명으로만 강한 야구팀을 이룰 수는 없다. 우리 사회도 마찬가지인 듯싶다. 모두가 높은 자리만 노리는 것 같지만, 각자 자신의 흥미와 적성에 맞는 일을 성실히 수행할 때 정상적인 자동차처럼 우리 사회도 정의롭고, 자연스럽게 굴러갈 것이다.
이러한 마음을 교통신호등에 빗대어 마음을 표현해 보았습니다.
붉은색의 권위, 푸른색의 낭만을 부러워하지 않고, 많은 사람이 얕잡아 보는 듯하지만, 묵묵히 자신의 역할인 양보를 외치며 성실하게 깜박거리고 있다.
점멸등인들 어찌 권위와 낭만을 싫어하겠냐마는 자신의 주어진 임무를 성실하게 수행하기에 우리 사회는 이렇게나마 순조롭게 돌아가고 있는 것 같다.
하찮은 것 같지만 소중히 여길 줄 아는 그런 사회가 되었으면 하는 마음에 표현해 보았습니다.

해질녘

빛과 어둠이 속삭일 즈음이면 왠지 우울해진다
창공을 나는 저 새들도 보금자리를 찾아들고
모두가 기다리는 행복의 시간인 듯하지만
인간을 가장 나약하게 만드는 처참한 시간이기도 하다

어둠 속을 날아다니는 새들을 본 적이 있는가?
그들의 속사정을 들어 본 적이 있는가?
알려고 애를 써 본 적이 있는가?
어둠의 고행(孤行)조차 느끼지 못한 자들이 어찌 그들의 고통을 삼킬 수 있으랴!

진정한 행복을 잉태(孕胎)하는 시간…
어느덧 어둠을 뚫고 행복을 짓밟는 해가 솟는다
어둠은 하소연 한번 못 한 채 빛의 위력에 물거품처럼 사라져 간다

강자의 억눌림이 약자의 속사정을 알 리가 있으랴?
어둠의 고통까지도 알 수 있는 그런 빛이
진정 우리가 모두 바라는 포근한 빛이 아닐까?

2010. 2. 17.

해 질 녘

우리는 흔히 자신이 가지지 못한 것에 대해 갈망을 하게 된다. 하지만 자신이 부러워하는 상대방의 아픔은 느끼지는 못하더라.
보금자리가 없어 날아야만 하는 새들의 아픔을 느끼지도 못하면서 단지 날 수 있다는 것만 부러워하지는 않는지 묻고 싶다. 어둠이 없다면 빛의 위력은 약할 수밖에, 약자의 고통 없이는 강자의 위력 또한 마찬가지인 듯 싶다.
그 옛날 부잣집 아들이 매끼 마다 곰국을 먹으면서 라면만 먹고 있는 친구를 부러워했다는 얘기를 들었던 적이 있다. 라면만 먹는 친구의 아픔을 왜 몰랐을까?
자신의 현실을 긍정적으로 받아들이며, 주변의 아픔을 삭여 줄 수 있는 그런 포근한 삶이 되었으면 하는 마음에 포근한 밤을 기다리는 자와 밤이 두려운 자의 희비가 교차하는 해 질 녘에 빗대어 표현해 보았습니다.

6부

겸손의 미덕

귓밥 이야기

태초에 조물주는 인간에게 귀를 선사하였다네

나약하고 고달픈 자들의 하소연을 들을 수 있는 고막과 함께
세상 돌아가는 것을 알 수 있는 회전감각을,
한쪽으로 치우치지 말도록 평형감각을,
권력에 당당히 맞서도록 압력 조절 감각을
귓속에 담아 주셨다네

어느 날 세월의 흐름 속에 속세에 찌들어
악덕 임대업자 되었다네
앞마당엔 블루투스, 담 밖으론 선글라스에게
달세를 놓기 시작하더니 '코로나-19'라는 호황기를 맞아
마스크에게 이중으로 달세를 받았다네

달세가 사라지면 주렁주렁, 번쩍거리는 귀걸이를 달고서는,
'달세 놓습니다'라며 지라시를 날리고 있네

한없는 욕심에 달세로 받은 귓밥이 차곡차곡 쌓여
고막까지 막아섰네
욕심쟁이 임대업자 **귀**가 차서 듣지도 못하더니
결국 말문이 막혔다네

비운다는 것이 얼마나 소중한지 하찮은 귓밥에서 배웠다네

2021. 9. 1.

귓밥 이야기

인간의 귀는 듣는 일만 하는 것처럼 느껴지나 그 속을 들여다보면 다양한 기능들이 숨겨져 있지요. 어느 한쪽에 치우치지 말라고 평형감각을, 권력에 굴하지 말고 당당히 맞서라고 압력 조절 기능을 숨겨 놓았지요. 이렇게 소중한 귀에게 우리 인간들은 다른 동물과는 달리 무거운 짐을 맡겼다네. 현대인들은 이 귀속에다 블루투스 이어폰을, 귓불에는 주렁주렁 귀걸이를, 귓바퀴에는 선글라스를, 거기에다 '코로나-19' 호황기에는 마스크까지 우리의 귀가 혹사당하고 있다.
이러한 귀를 현대사회의 악덕 임대업자에 비유하여 다소 해학적으로 표현해 보았습니다. 세상에 영원한 것은 없습니다. 지나친 임대료를 귓밥으로 생각하고 귓밥이 가장 중요한 고막을 틀어막았다고 생각해 보니 들을 수 없고, 듣지를 못하니 말할 수 없다는 진리를 통해, 숙이면 부딪힐 일 없을 것이며, 비운다는 것이 얼마나 개운한 것인지를 알리고 싶은 마음에 하찮은 귓밥을 통해 알리고 싶습니다.

목련

자신만이 잘났다고 뽐내는 새순을 보라

이를 부추기는 봄비 탓에 무성해진 새순은
자리다툼에 여념이 없고,
마지 못한 어미가지 굳은살만 남긴 채
새 가지 내주고 말았네

솜털 무성하던 어미가지의 피부는 흐느적거리는
새순이 안쓰러워
하염없이 거칠어진 채 버팀목으로 어린 가지에게
양분만 전하고 있네

어린 새순 어느새 의젓한 잎새 되어
온갖 교태(嬌態) 부리고 있네
곧 다가올 태풍과 험난한 겨울도 모른 채

언젠가 낙엽 될 때 참회(懺悔)의 눈물 흘리며 중얼거리겠지
내가 잘난 게 아니라 어미가지의 희생으로 행복했었노라고

2010. 5. 10.

목련

잘되면 내 탓이요, 잘못되면 남 탓으로 여기는 자들이 흔히 있다.

목련의 새순이나, 갓 태어난 어린 아기들이 어느덧 자라나 모두가 부러워하는 사랑을 듬뿍 받기도 하지요. 그러나 영원히 그대로 멈출 수는 없지요. 기쁨도 잠시 험난한 세상에 부딪히며, 늘 경쟁해야 하고 난공불락(難攻不落)의 길이 천리만리인데 시련에 부딪혀 살다 보면 생의 끝자락에 머물게 되지요. 그때가 되면 지난날의 행복이 모두 자신이 잘나서가 아니라 부모의 공덕인 것을 깨닫게 되지요.

누구나 그 진리를 깨우칠 때면 남은 시간이 너무 짧은 것이 한스럽기만 합니다. 그래서 풍수지탄을 읊고 있나 봅니다.

소나무

이 땅의 주인이 바뀌어도, 나라의 정권이 바뀌어도
아무도 시비하지 않는 그대

비 오면 진부한 속세의 때를 씻어 내리며 즐기고
눈 오면 치장(治粧)에 홀려 환상(幻想)에 빠져 본다

바람 불면 소곤소곤 속삭여 주고
큰바람 불면 꿋꿋한 기상으로 막아서네

나름의 멋과 절개로 십장생의 반열에 올랐으니
그대 이름 영원히 변치 않을 소나무여!

완연(完然)한 봄날 젊음 한번 과시하느라
황사에 엎혀 꽃가루(花粉) 한번 날리었을 뿐

아무런 불평 없는 늘 푸른 그대이기에
이 세상 누군들 감히 시비하지 않는구려

소나무

늘 푸르고 늘 꼿꼿한 소나무. 모두가 좋아하는 것 같더라. 우리나라 전 지역에 고루 분포되었던 소나무지만, 지금은 환경의 변화로 재선충(材線蟲)이란 병으로 인하여 말라 죽는 사례가 많이 있다고 한다. 하지만 추운 겨울이 되어도 늘 푸르름을 드러내고, 눈이 오면 더욱 아름다운 모습으로 우리의 시각을 즐겁게 해 주는 것임은 부인할 수가 없다.

단지, 자신의 번식을 위하여 어느 봄날 화분(花粉) 한 번 날린다는 것이 불청객 황사(黃沙)와 어울려 모든 이들로부터 미운털이 박힌 것 또한 부인할 수가 없다.

그러나 아무리 세상이 변해도 우리의 애국가에서도 등장하는 철갑을 두른 소나무는 우리 민족의 기상이요, 영원히 우리 민족과 함께 늘 푸른 정기(精氣)를 무한정 내뿜어 줄 것을 기대하면서, 소나무에 대한 애정을 표현해 보았습니다.

손전화

점점 작아져 간다, 복잡해지면서
점점 싸져만 간다, 화려해지면서
점점 흔해져 간다, 혼탁해지면서

인간의 욕망 그 벼랑의 끝은 어디까지일까?

긴 여정 회~ 액 돌아

점점 커져만 간다, 가벼워지면서
점점 비싸져 간다, 욕망이 넘쳐서
점점 귀해져 가겠지, 힘들어질 테니

욕망의 끝자락에 매달려 후회한들 무엇하리오

2010. 2. 1.

손전화

내가 처음 본 손전화는 별칭이 '벽돌'이라고 할 만큼 크고 무거웠으며 그 기능은 오히려 단순했었다. 그러던 중 시간은 흘러 2010년 당시 내가 느꼈던 손전화는 하루가 바쁘게 점점 작아지면서 그 기능은 다양해지면서도 가격은 경쟁 논리에 의해 값싸게 느껴졌다.

스마트폰이라는 것은 우리의 생활문화를 완전히 바꾸어 놓았다는 것은 누구도 부인하지 못할 것이다. 특히 '코로나-19' 시대를 살아가면서 방역의 한 수단으로까지 그 역할을 하고 있다. 인간의 모든 욕망을 한 손에 잡히는 스마트폰 하나에 결집해 놓은 것이다.

행여 현대인들에게 3일간의 스마트폰 휴가를 준다면 세상은 어떻게 될까? 자문해 본다.

행여 기깃값이나 통신 요금이 지금의 10배 이상으로 인상된다면 우리의 생활은 어떻게 변할까? 자문해 본다.

과학 문명도 좋지만, 문명의 노예가 되는 것만큼은 우리가 지양(止揚)해야 할 것입니다.

용평 스키장의 밤

어둠과 정적(靜寂)이 어우러진 밤
한 줄기 빛 속으로 동선(動線)이 날아든다
인간과 자연의 아름다운 조화(調和)인가?

쏜살같은 동선도 있고 지그재그의 어우러짐도 있지만
나뒹굴어 대는 청순(淸純)한 조연(助演)이 있기에
더욱 아름답게 느껴질 뿐인걸, 그대는 아는가?

새가 난 들, 물고기가 헤엄을 친들…
어둠을 모르고 빛의 고마움을 알 리가 있겠는가?

여보게!
우리는 이런저런 행태(行態)로 살아가지만
어미의 품같이 보이지 않는 고마움은 잊지 말게나

2009. 2. 24.
용평 스키장에서

용평 스키장의 밤

2009년 2월 세상에 나서 처음 스키장을 가게 되었다. 친구의 권유로 너무 늦은 감은 있었지만, 입문하기로 마음먹고 초보자로서 성실히 배움에 임했다. 뻔한 이치지만 넘어지기는 쉬워도 스스로 일어서기란 힘이 든다는 사실을 새삼 깨닫는 계기가 되었다. 어둠이 깔리고 수은등 조명 아래 야간 스키장에서 아이들이 하는 모습을 바라보면서 많은 것을 느낄 수 있는 시간이었다.

타고난 기량, 입문의 시기, 스키장을 쉽게 드나들 수 있는 경제적, 시간적 여유 등의 여건에 따라 그 역량의 차이는 그야말로 천차만별이란 것을 느꼈다.

우리는 저마다 타고난 재능과 끼가 있다고 늘 생각하고 있으며, 그것을 찾을 수 있는 계기를 맞는다면 그것은 절반의 성공이요, 그러한 계기조차 갖지 못하고 자신의 숨은 재능이 묻혀 가는 안타까운 사람들도 얼마나 많은가? 모든 영역이 마찬가지겠지만 자신이 뛰어난 역량을 가졌다 하더라도 항상 겸손한 마음으로 부족한 사람을 이해하고 존중할 줄 아는 겸손한 사람이 되길 바라는 마음에 "새가 난들, 물고기가 헤엄을 친들"이란 표현으로 겸양지덕(謙讓之德)을 다시 한번 되새기며 표현해 보았습니다.

이
심
전
詩

초판 1쇄 발행 2022년 4월 7일

지은이 송창욱
펴낸이 이기봉
편집 좋은땅 편집팀
펴낸곳 도서출판 좋은땅
주소 서울특별시 마포구 양화로12길 26 지월드빌딩 (서교동 395-7)
전화 02)374-8616~7
팩스 02)374-8614
이메일 gworldbook@naver.com
홈페이지 www.g-world.co.kr

ISBN 979-11-388-0837-8 (03810)